Babette Cole

LE LIVRE FOU GLUANT PUANT POILU

Seuil jeunesse

Pour l'édition originale publiée par Jonathan Cape, The Random House Group Limited, London,
sous le titre *The Silly Slimy Smelly Hairy Book*, © Babette Cole, 2001

Les quatre titres ont été publiés pour la première fois par Jonathan Cape
The Hairy Book © Babette Cole, 1984
The Slimy Book © Babette Cole, 1985
The Smelly Book © Babette Cole, 1987
The Silly Book © Babette Cole, 1989

Pour l'édition française
© Éditions du Seuil, 2002
Dépôt légal : mars 2002
ISBN : 2-02-052555-0
N° 52555-1
Loi 49-956 du 16 juillet 1949
sur les publications destinées à la jeunesse
Traduction de Laure Saint-Marc
Imprimé à Hong-Kong

www.seuil.com

LE LIVRE
FOU

Si tu veux voir des idioties,
regarde un peu mieux par ici.

Si tu imitais ces mariolles ?
Leurs démarches sont un peu folles.

Oreilles
loufoques,

cou insensé,

nez décoré,

lunettes
personnalisées.

Barbe farfelue,

dents déjantées,

et tout ce qu'on n'ose
pas montrer.

Que cachent ces chapeaux si fous ?
Des têtes encore plus folles dessous !

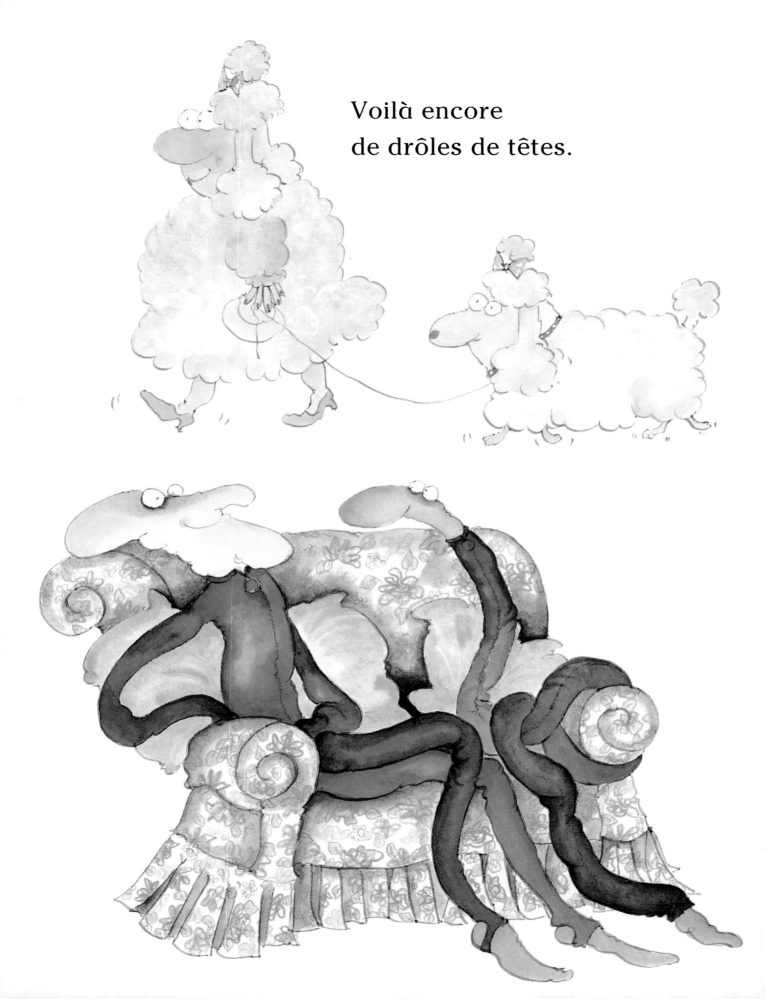

Voilà encore
de drôles de têtes.

D'après toi,
qui semble le plus bête ?

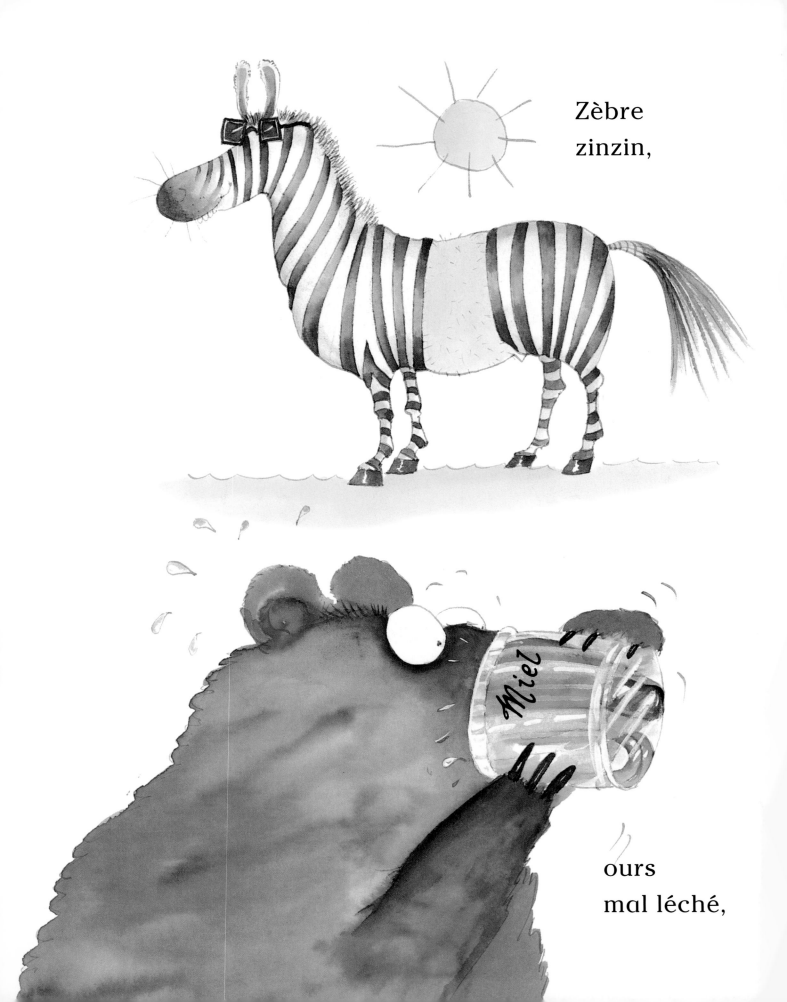

Zèbre
zinzin,

ours
mal léché,

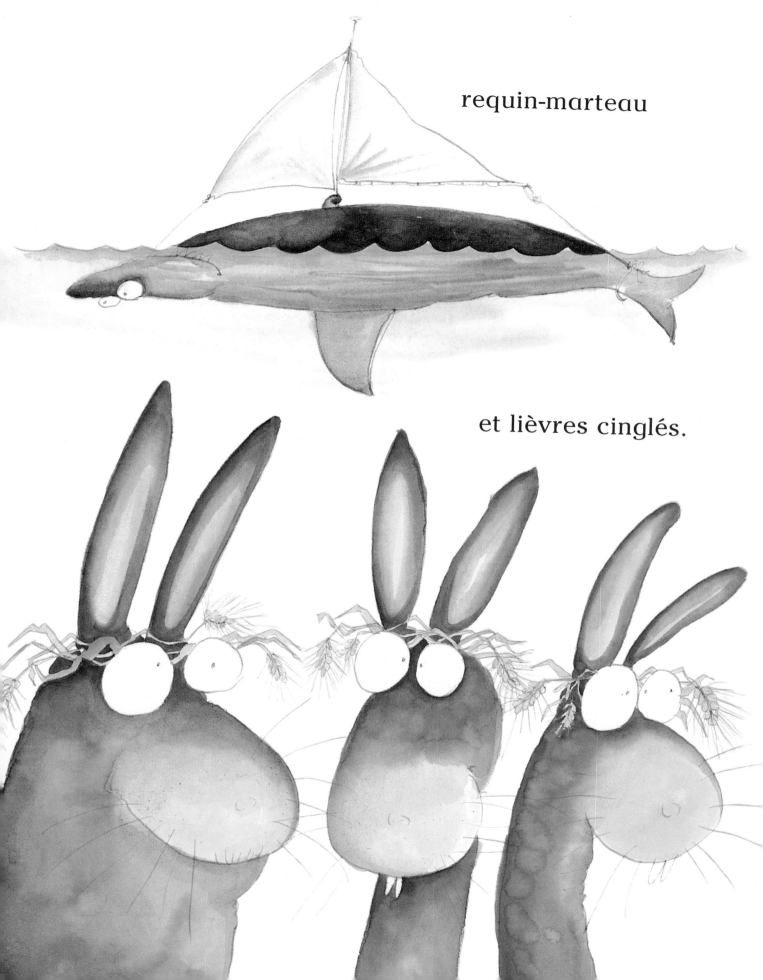

requin-marteau

et lièvres cinglés.

Mon meilleur ami, Bêta Clapet,
a fabriqué un piège à taupes géant.
Alors les taupes en ont fait un
plus grand et, ni vu ni connu,
l'ont pris dedans.

Certains idiots volent au vent.

Pourquoi cela
leur plaît-il tant ?

Les bébés mangent des choses stupéfiantes,
comme des mouches encore vivantes.

Mais les adultes en font autant,
avalant grenouilles gluantes...

... et escargots mal odorants.

Mon oncle Maboul a mangé du feu.

Sa température est montée à 42.

Mais Tantine l'a aspergé
de thé et lui a dit de décamper.

Son ami, le grand nabab de Perpète,
a quarante femmes, toutes un peu simplettes.

Elles l'ont tellement chatouillé,
que le pauvre vieux a explosé !

Ne joue pas

des tours crétins

pour faire
débloquer

tes copains…

... avec des masques
absurdes

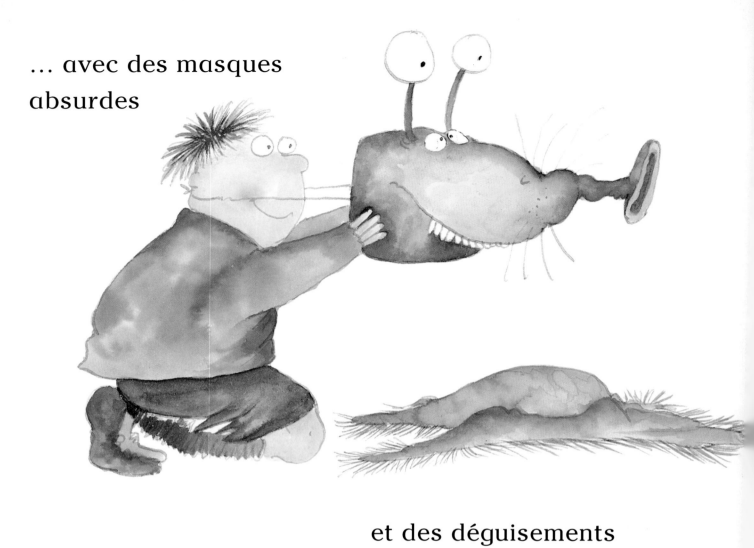

et des déguisements
ridicules,

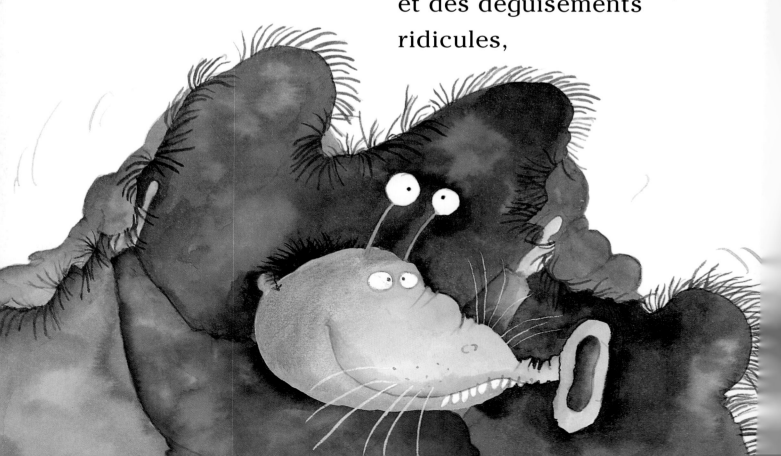

tout ça pour que tes amis hurlent !

En veste, colerette et manchettes,

je déteste
ma tête !

Je préfère porter mon costume pure laine…

Je frise bien moins
le ridicule !

LE LIVRE
GLUANT

Gluant, poisseux, glissant, baveux,

dégoulinant, collant, visqueux.

Ça me colle
aux poches,

aux baskets.

Est-ce de la
crème anglaise ?

Est-ce de la glu ?

Salut calmar baveux,

limace,

escargot,

crapauds
grouillants
et gluants.

Tas de lombrics se tortillant,

triton
des marais
stagnants

et œufs de
grenouilles
pourrissants.

Poulpi, avec ses bras visqueux,
mange un petit poisson poisseux.

Les grosses dames s'enduisent de graisse

pour devenir de vraies déesses !

On dit que pour les gens sans dents,
les œufs durs sont trop glissants !

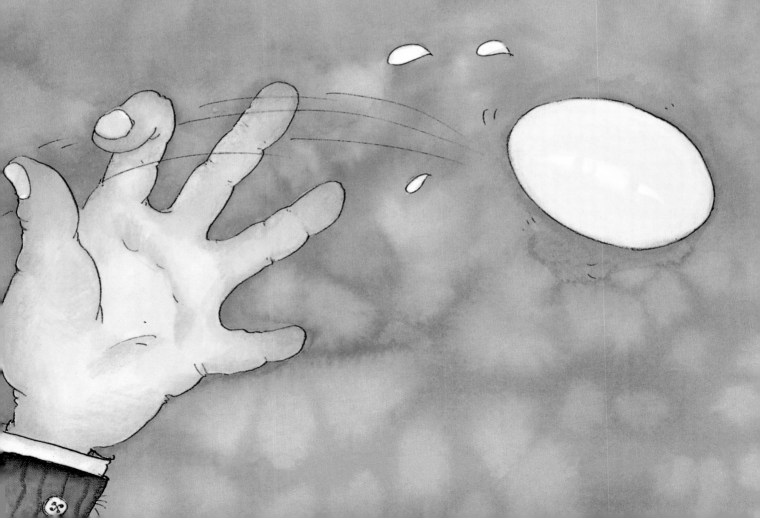

Les vers aiment se glisser dans les égouts,
si bien qu'à la fin ils bouchent tout !

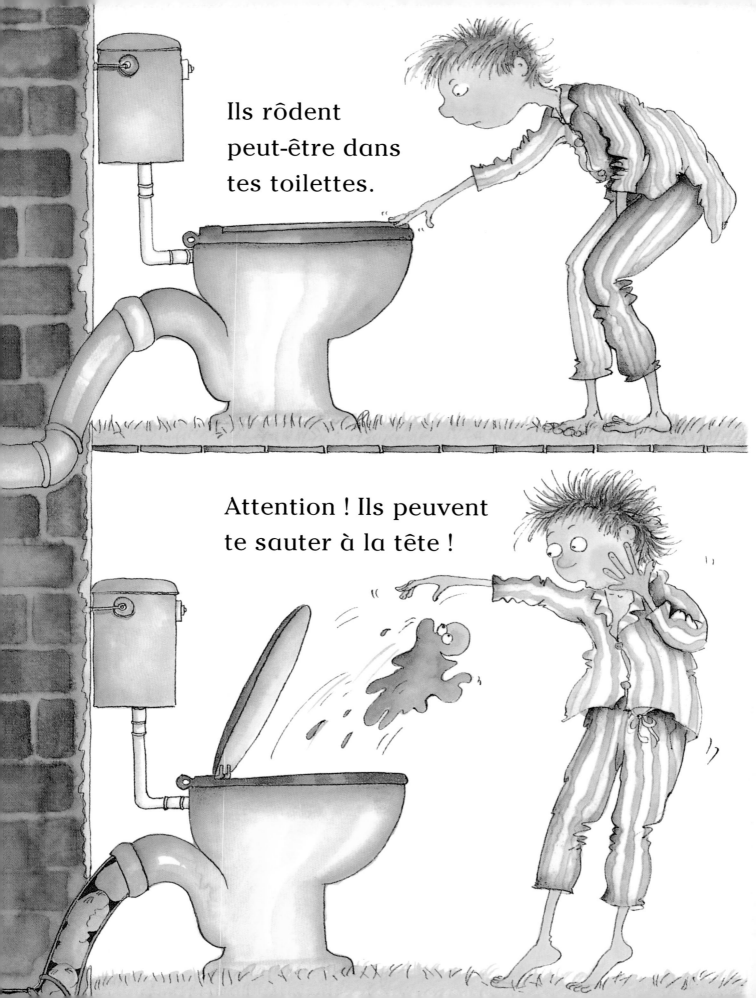

Ils rôdent peut-être dans tes toilettes.

Attention ! Ils peuvent te sauter à la tête !

Je me demande ce que ça peut donner
de siroter des anguilles
en gelée…

Ceux-là aiment la gélatine au goûter.
Pourvu qu'ils n'aient jamais l'idée de m'inviter !

Pouah ! Toutes ces nouilles
collantes, ces saucisses
écœurantes…

Beurre glissant,

gâteau
en gelée,

haricots blancs gluants,

ventre gonflé !

J'aurais dû écouter
ma maman me disant :

« Ne mâche pas tout le temps.
C'est dégoûtant, gluant, collant
et peu résistant... »

Ah ! Si seulement je ne m'étais pas
goinfré de ces horribles bonbons fourrés !

Pour admirer ce livre gluant, d'étranges créatures
sont venues…

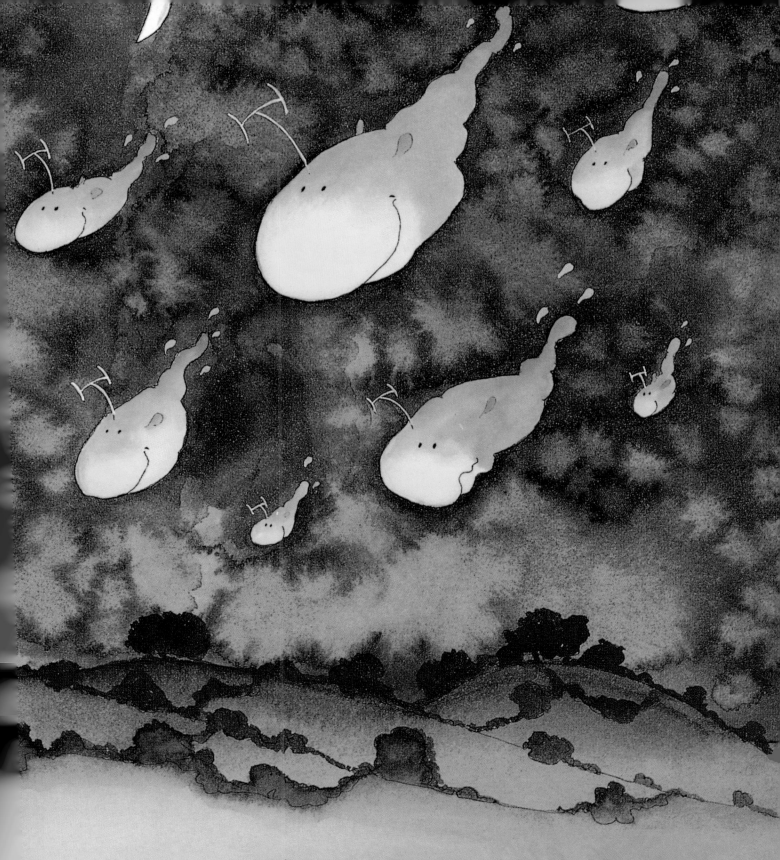

... des trucs tout flasques et tout verts, de Mars
et de tout l'univers.

Ils ont tout mangé en moins de deux,
laissant une bave jaune derrière eux.

Petits machins mous,
au revoir...

Heureusement, vous n'étiez qu'un cauchemar !

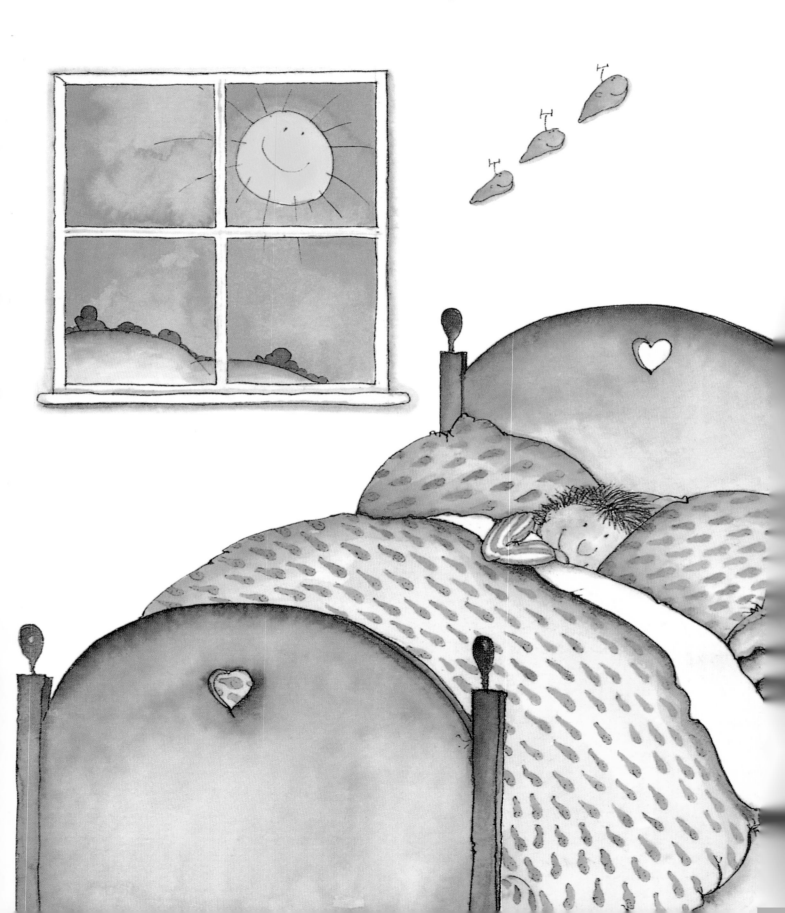

LE LIVRE
P'UANT

As-tu déjà remarqué…

... combien certaines choses peuvent empester ?

Poubelles et sacs puants...

... contiennent les trucs
les plus écœurants.

Choux puant,

poissons gluants,

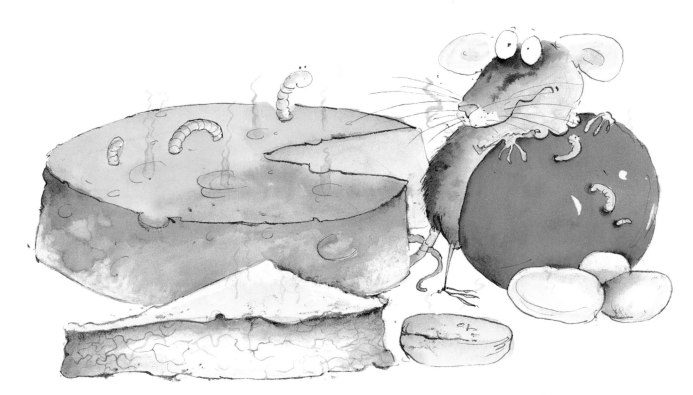

fromages coulants

sont des plats
peu appétissants.

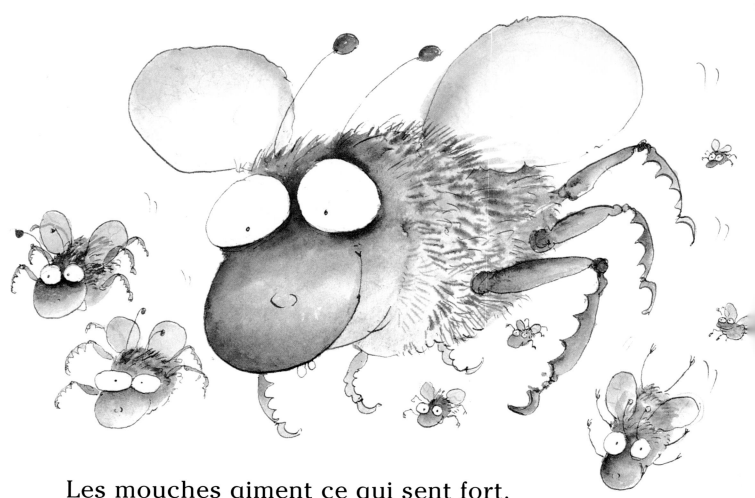

Les mouches aiment ce qui sent fort,
surtout les restes de tourte au porc.

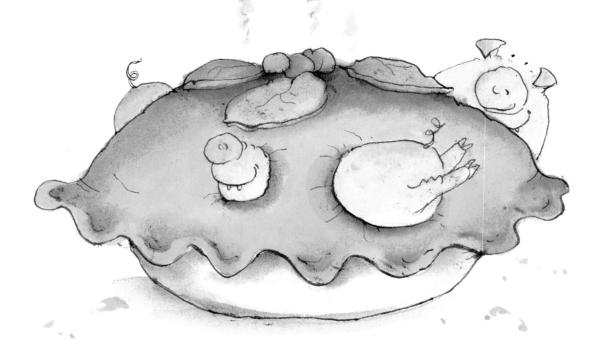

Les chameaux
dégagent
un horrible fumet,

les phacochères
sentent très mauvais.

C'est sûr, je ne resterais pas là…

… si je rencontrais un putois !

Les cochons puent,

les souris puent,

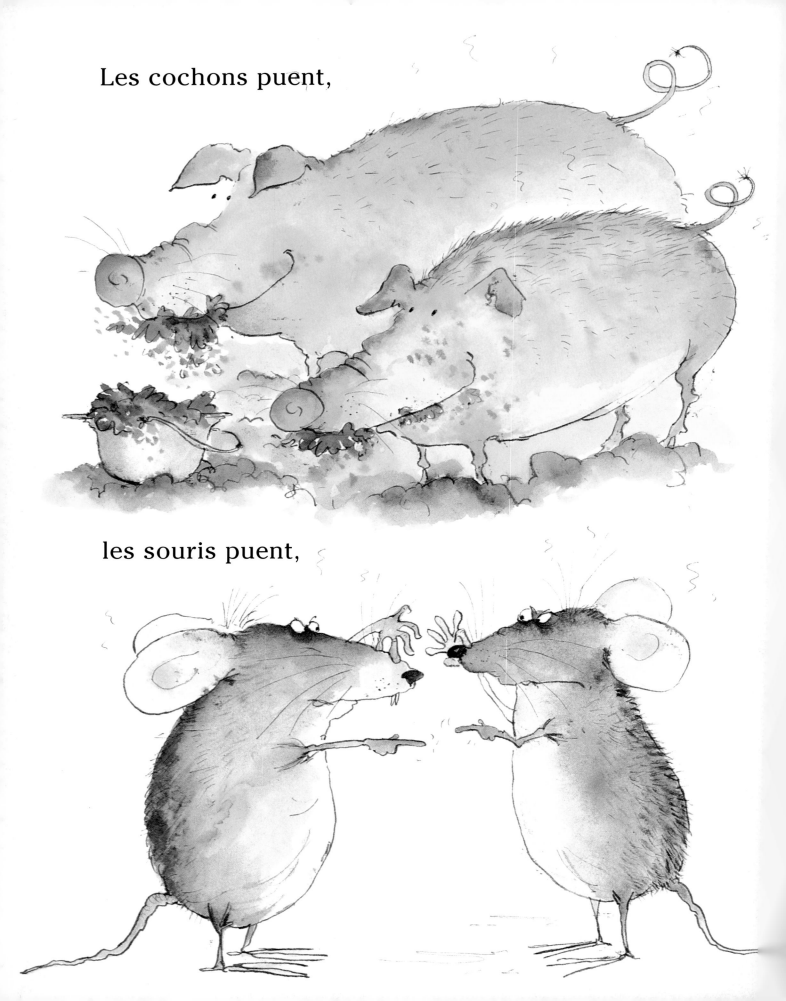

et les furets encore plus !

La campagne aussi
peut empester.
Et le pique-nique
totalement rater !

Les eaux croupies
puent tellement...

... bouche ton nez
si tu sautes
dedans !

Quand elles sont raides,
les chaussettes...

... font prendre
la poudre d'escampette.

Les pieds de mon père sentent si fort
que Maman craque quand il dort !

Odeurs d'outre-tombe : Tatie tombe...

... mais quelques sels parfumés l'ont vite ressuscitée !

Notre chien adore se rouler

dans tous les trucs
puants qu'il peut
trouver.

Mais si moi, je tombe dans les égouts,

je n'aurai plus d'amis du tout !

Bébé puant
n'est pas content.

Qui ne se lave pas
pue tout autant.

Les garnements montent des coups fumants,

car les adultes ne sont pas marrants !

Le prof dit : « Ce n'est pas rigolo.
Qui a mis ça dans mon chapeau ? »

… Et qui a jeté cet œuf pourri
sur la tête du prof de biologie ?

Que ce soit n'importe qui, pour la boule puante, merci !

On a été privés de récré, et on n'a pas su qui c'était.

Moi, je sais !

LE LIVRE POILU

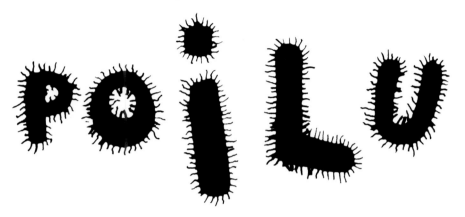

Voici des coupes de tous poils !

Poils sur la tête…

... ou poils ailleurs.

Poils aux gambettes,

poils au vent...

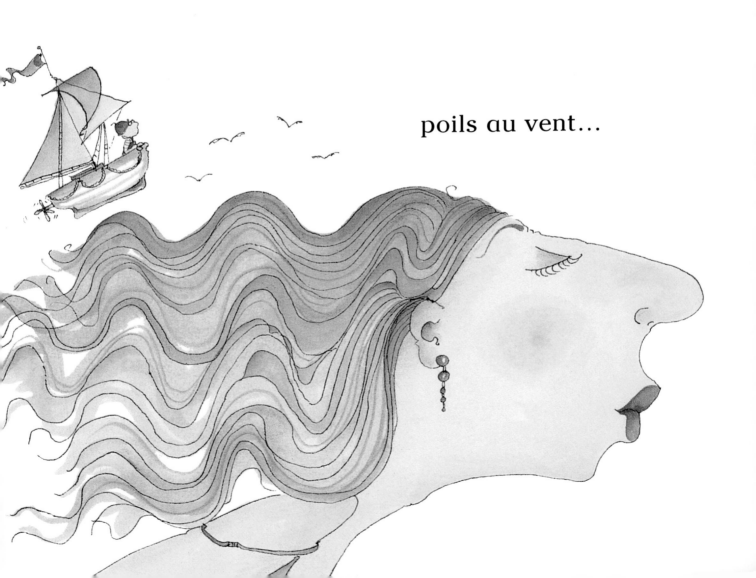

Poils au menton qu'on rase souvent.

Poils aux chapeaux et poils aux pieds.

Boule de poils pas très parfumée !

Poils colorés ou poils mêlés.

Je sais ce qui te fera poiler…

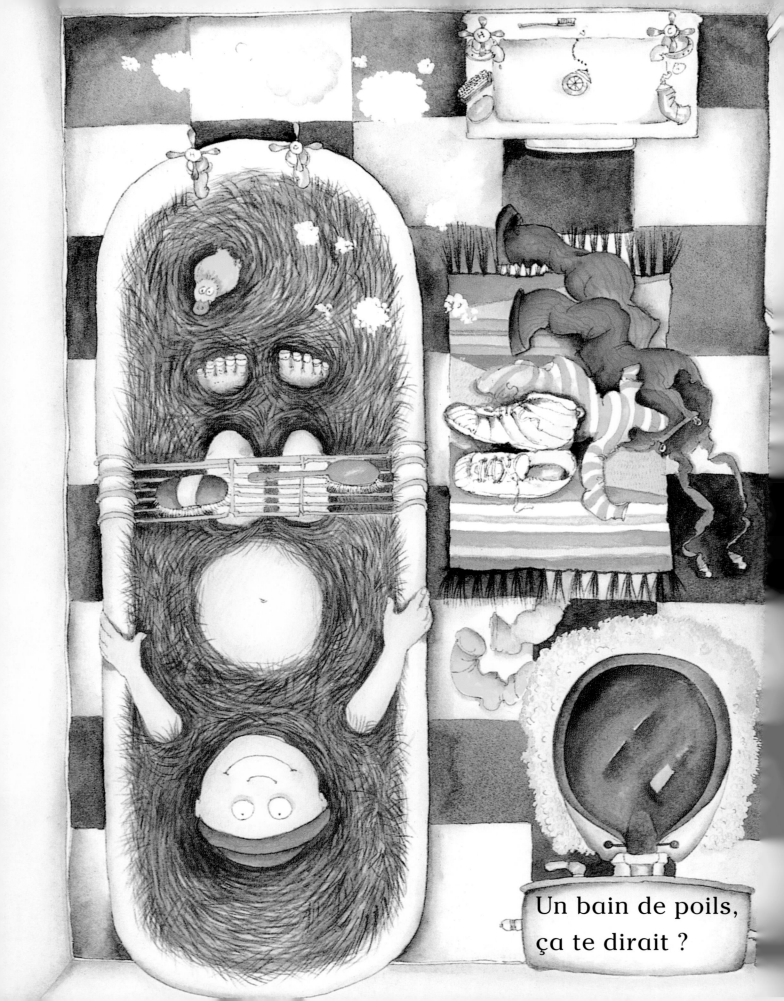

Un bain de poils,
ça te dirait ?

Drôle de look
en poils de bouc !

Marais touffus, grenouilles velues…

… poils camouflés ou poils exhibés ?

Poils aux gambettes,

poils au vent...

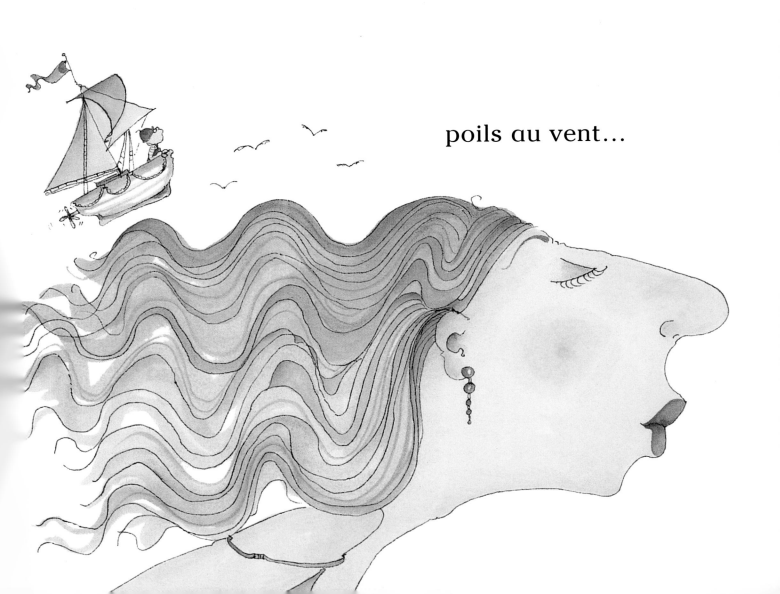

Poils au menton qu'on rase souvent.

Poils aux chapeaux et poils aux pieds.

Boule de poils pas très parfumée !

Poils colorés ou poils mêlés.

Chats angoras et rats poilus sont pleins de puces, poilues en plus !

Qu'est-ce que ces crottes de nez poilues
qui habitent un nez plein de verrues ?

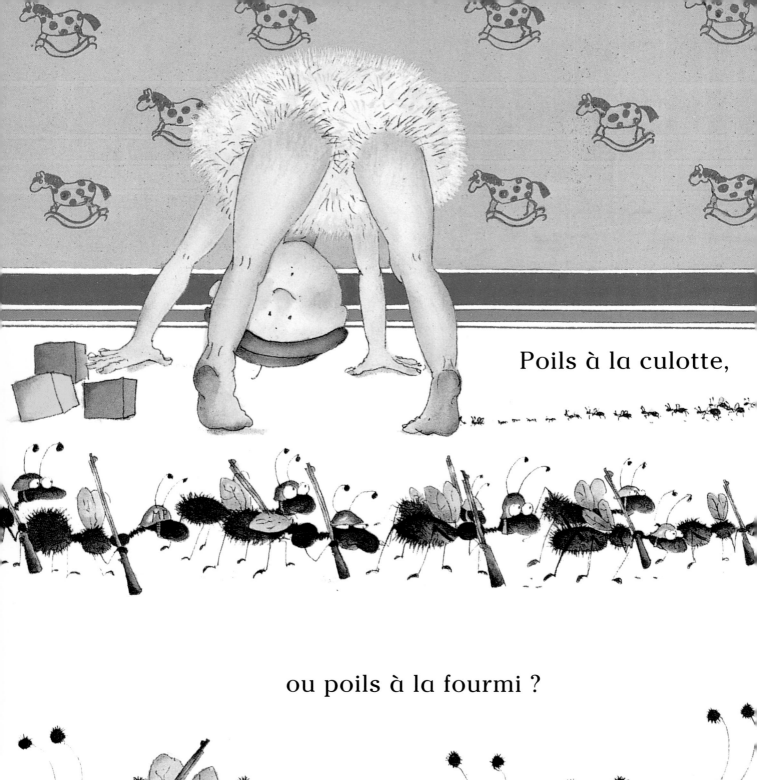

Poils à la culotte,

ou poils à la fourmi ?

Dans mon tricot poilu,
des petites bêtes sont venues...

... et dans mon dos, des petits œufs ont éclos.

Ces petites bêtes sont pires que le poil à gratter !

Poils aux chaussettes,

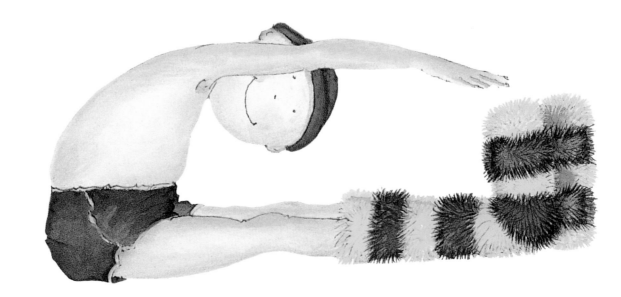

poils au gilet,

et poils au kilt
écossais !

Petit pote au poil,

ou grosse bête poilue ?

Sapin de Noël
chevelu.

Barbe à Papa et poils à Maman
me font éternuer tout le temps.

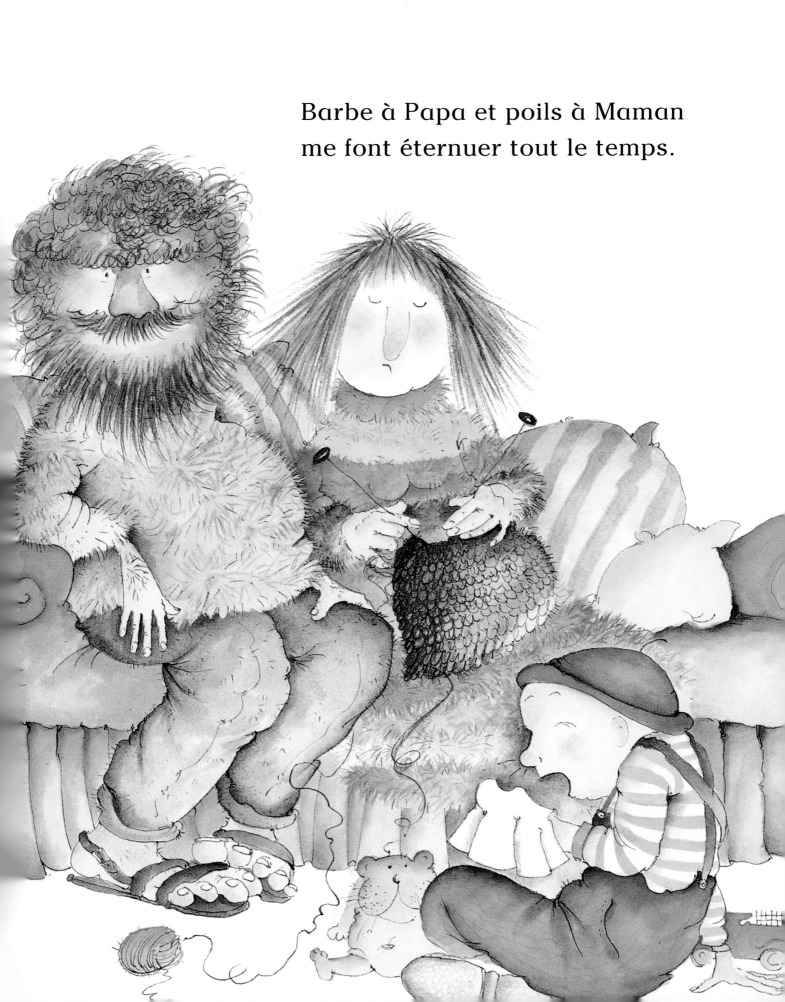

Papi dit qu'une bonne pression
fait pousser le poil au menton.

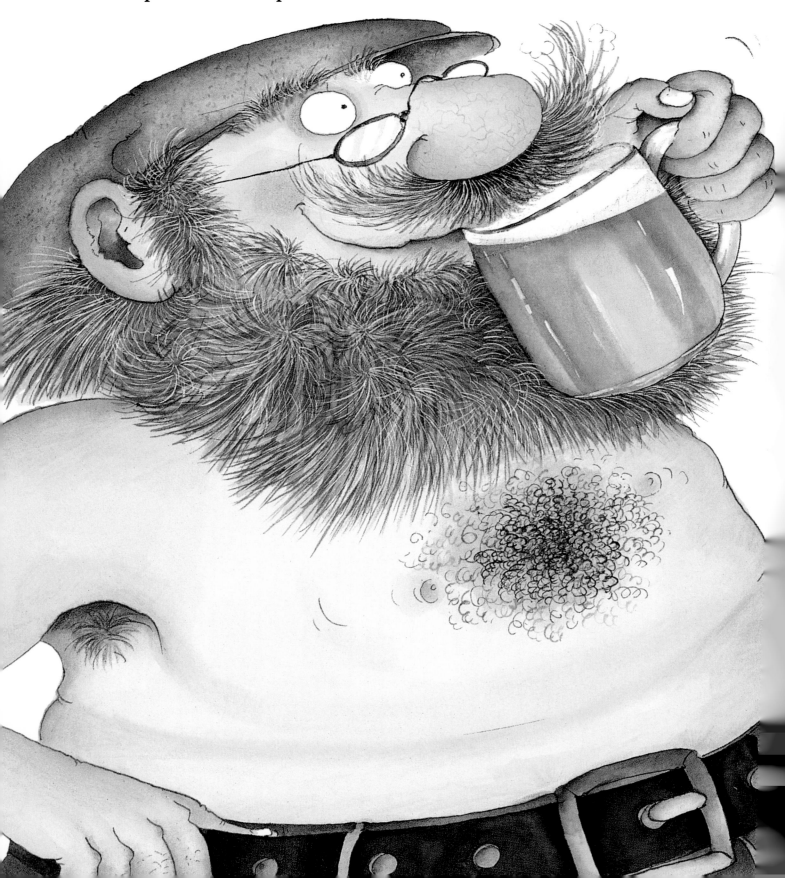

Poils aux fruits et poils aux pains.

Je n'ose plus regarder sous mon lit le matin !

Poils de géant…

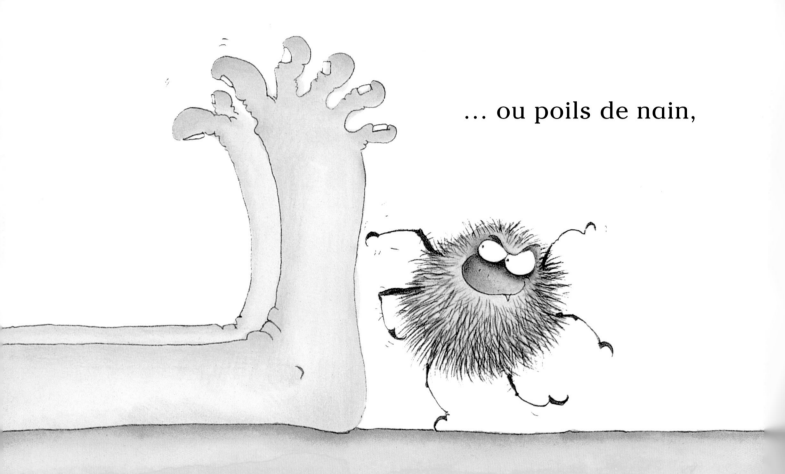

... ou poils de nain,

moi, sur le caillou…